사랑의 발견
너라는 유배지

사랑의 발견
너라는 유배지

ⓒ박후기 2017

초판 1쇄 발행 2017년 7월27일

지은이 박후기

펴낸곳 도서출판 가쎄 [제 302-2005-00062호]

주소 서울 용산구 이촌로319 31-1105
전화 070. 7553. 1783 / 팩스 02. 749. 6911
인쇄 정민문화사
ISBN 978-89-93489-68-2
값 10,000 원

「이 도서의 국립중앙도서관 출판예정도서목록(CIP)은 서지정보유통지원시스템 홈페이지(http://seoji.nl.go.kr)와 국가자료공동목록시스템(http://www.nl.go.kr/kolisnet)에서 이용하실 수 있습니다.(CIP제어번호: CIP2017017930)」

홈페이지 www.gasse.co.kr
이메일 berlin@gasse.co.kr

사랑의 발견

너라는 유배지

박후기 시집

gasse·가쎄

자서

사랑은 발견이다.

어느 날 한 사람이 눈에 띄고 가슴이 뛴다면, 없던 사람이 생겨난 것이 아니라 없던 사랑이 생겨난 것이다.

너의 마음속에 유배당하고 싶은 심정, 그것이 사랑이다.

2부 옛날 그리움은 배를 타고 왔다

3부 그대는 어찌하여 먼 곳으로 가시나요?

1부

사랑이라는 유배

너에게 유배당하고 싶다

남해도에 유배당하고 싶다는 말은

빈말이 아니었습니다

육지에 등 돌린 섬들,

다도해 막막한 등짝에 기대어

한 사나흘 머물고 싶었던 게 사실입니다

사랑이 그러하듯,

주어진 생이 그러하듯

모든 유배는 자발적인 것입니다

서포*로 하여금 기꺼이

유배를 받아들이게 한 절개와 불우

또한 자발적인 것이었겠지요

늦은 점심을 먹은 후

해질 무렵 남해대교를 건너갑니다

정든 유배지를 벗어나지만

마음은 아직도 그 섬에 남아

유배를 자청하고 있습니다

아마도 두고 온 사람 때문이겠지요

나는 영영

그 섬에 갇혀 살게 될지도 모르겠습니다

금산의 바위처럼 말입니다

* 서포(西浦) 김만중(金萬重).

정유재란丁酉再亂

주유소 사장이 휘발유를 마시고 자살했다
불타오르는 감정, 증발하는 육신과 빚, 경적을
울리며 내달리는 빛과 고통, 절반의 세금, 그리
고 침략당한 지갑의 침묵 속에서

이빠이(いっぱい)!
자동차에 경유를 가득 넣으라고
왜군倭軍이 소리쳤다
정유재란丁酉再亂은 끝나지 않았고
나는 텔레비전 앞에서
매일 귀가 잘렸다

오라이(オーライ)!
정유대란精油大亂이 오기 전

합병을 해야 한다고
장관이 의사봉으로 탁자를
가격하며 소리쳤다
환관宦官들이 환란換亂과 환란患亂을
불러온 뒤였다

술 마신 다음 날 푹 쉬기 위해
나는 술을 마시기 전날 미리
월차 휴가를 냈다
미래를 생각한다는 게 고작
월차계나 올리는 일이라니,
허탈했고 있는 힘껏 술을 마셨다

이월이 아직 봄을
결재하지 않았기에
꽃들의 고해성사는
개화 직전 반려됐다

피어야 하는지
피해야 하는지
알 수 없었던 나는
꽃과 함께
적의敵意를 피해 적들의
외곽을 흘러 다녔다

어제는 세리稅吏와
환관들이 떼 지어 다니며
압류당한 백성들의 혀를
낱낱이 거두어 갔다

너라는 유배지

갈 곳 없는 별빛이
밤하늘 구석에서
혼자 반짝인다
네 눈 속에
내가 살러 간다
온 생이 흔들리면서
너에게 귀양 간다

사랑도 죄인 양하여
내 마음 함거檻車*에 실어
너에게 보내느니,
빠져나갈 길 없는
섬 같은 사람아
부디

네 마음속에 나를

기약 없이 가두어다오

* 예전에, 죄인을 실어 나르던 수레.

병자호란丙子胡亂

황사에 명동明洞이 점령당했다

하동관에서 곰탕을 먹고

이를 쑤시던 용골대가

다이소*에 들어가 값싼

식기를 집어 들었다, 놓았다

대륙발 미세먼지 속에서

바람 빠진 행사 인형이 퍽퍽

바닥에 이마를 박으며

삼궤구고두례三跪九叩頭禮를 한다

헤이마오 바이마오(黑猫白猫)

남산을 내려온 길고양이들이

무리 지어 호텔 속으로 사라진다

소현세자를 앞세우고,

청 태종은 면세점에 들러

24

후궁에게 줄 화장품을 고른 후

심양으로 돌아갔다

사람들은 교양 없는

중국인을 탓하면서

연태 고량주를 마셨다

이, 얼, 싼, 쓰

생활고에 붙잡힌 병자病者가

좌판 위에 쌓인 비굴을

주워 담고 있었다

* 저가 생활용품 판매점.

도강渡江 시편
- 유배일지 1

두 번 살다 가면 좋겠지만

건너간다

한 번뿐인 오늘

덜컹거리는 이생에 올라타고

덕소 지나 용문 간다

삶의 접속사 같은

다리를 건너갈 때,

허공을 두드리는

기차 바퀴 소리 들린다

강물 속으로

몸 던지는

수종사 종소리,

녹슨 철교 위에 펼쳐지는

물안개의 반야바라밀般若波羅蜜

구름도 기차도 강물도

피안에 닿지 못한 채

시간의 레일 위를

헛돌고 있다

회진하는 태양
- 유배일지 2

우편번호가 바뀌고
주소마저 바뀌었으나
햇빛은 어제와 다를 바 없이
병실의 좁은 창을 방문했다
와서, 친절하게
아픈 자의 이마를
잠깐 동안 짚어 주었다
아픔은 집을 짓지 않는다
집이 없는 아픔은
인간의 몸에 기생한다
원래부터 빈집이었으므로,
너도 나도 아픔도 잠시
몸 안에 들어가 살다가

떠나간다

의사 앞에서만

공손해지는 우리는

때론 권속마저 버리면서

거만하게 살아가지만,

결국

절름발이 심정에 기대어

아픈 몸을 이끌고

황혼을 넘어간다

태양은 돌고 돈다

나무들은 수은주 앞에서

겨드랑이를 벌리고,

바람의 장막 안에서

시든 풀들은 바지를 끌어내리며

일제히 병상에 엎드린다

그리고 인간은

아픔과 함께 사라진다

사랑이라는 유배 1

사랑은
너에게
복무하는 일도 아니고
너에게
복종하는 일도 아니다

사랑은
이별 없이 살아가는 일이다
이별하고 살아지는 일이다

사랑하기 때문에
우리는 자진해서
너라는 감옥에
갇히는 것이다

세상은 온통

너라는

감옥살이를 하는

사람들로 북적거린다

사랑이라는 유배 2

꽃이 피지 않는다고

조급해하지 마세요

봉오리 안에 갇힌 세계가

내 생의 절반이라는 것을

당신은 아셔야 해요

서두르지 마세요

꽃은 분명

당신 눈앞에서 피지만

그 느린 열림을

당신은 볼 수 없습니다

기다릴 수 없다면, 가세요

세상에

때늦은 사랑이란 없습니다

사랑이라는 유배 3

사랑이라는 감옥에 갇힐 때
가져가서는 안 되는 것이 있다

사랑의 감옥에 반입할 수 없는
가장 위험한 것은,
또 다른 사랑이다

사랑이라는 유배 4

나는
너를 지켜야 하고
나도 지켜야 하지

모두를 사랑한다는 말은
아무도 사랑하지 않는다는 말과
다르지 않아

사랑은
너를 위해 사는 거야
그것이
나를 위한 일이기도 하지

자, 내가 앞서갈게

우리의 뒤를 부탁해!

사랑이라는 유배 5

죽도록 사랑했다는 말은
사랑하지 않았다는 말이다

사랑은 죽고
당신만 살아남아
또 다른 누군가의 귀에 대고
죽도록 사랑했다는 말을
하고 있는 것이니까

사랑이라는 유배 6

사랑해서 미안하고

사랑할 수 없어서 미안하고……

사랑에 빠지면

결국

누구나 죄인이 된다

사랑이라는 유배 7

당신이 주먹을 움켜쥔 건
내게 운명을 걸겠다는 표시인가요?

당신과 처음 키스할 때
내가 주먹을 움켜쥔 이유는
내 마음을 움켜쥔 당신을
사랑하겠다는 표시였습니다

사랑이라는 유배 8

세상 속으로 도망치는 날들도 기쁨이었음을
당신이 떠난 뒤 알게 되었습니다

사랑은 치욕이 될 수 없다는 것을
당신이 떠난 뒤 알게 되었습니다

사람은 가도 사랑은 남겨진다는 것을
당신이 떠난 뒤 알게 되었습니다

사랑보다 사람이 더 치명적이라는 걸
당신이 떠난 뒤 비로소 알게 되었습니다

2부

옛날 그리움은 배를
타고 왔다

사랑 지출결의서

어제는
사랑을 진행하며
커피를 두 잔
마셨습니다

가난보다 향기가 진한
가난한 나라 에티오피아산
원두커피를 두 잔이나
마셨습니다

생의 계정과목 중에서
사랑은 무조건적인
지출항목입니다
당신에게 먼저

마음 한 조각 지불하고
당신 결정을 기다리며
잠 못 이룰 때,
비로소 나는
사랑을 발견하게 됩니다

영혼 사용 내역을
증빙하라는 말은
하지 말아주세요
아무에게나 영혼을
지불하지 않겠습니다

적요란에는 아직
사용 중인 침묵을
빈칸으로 기재하겠습니다
적요寂寥하더라도
감내해 주시기 바랍니다

위 지출 내역을 정히 청구하오니

내 마음을 허락해 주시기 바랍니다

사랑마저 끝난 후에 사랑은 시작되는 거예요

늦게 도착하는
사랑은 없어요
우리가 좀 더
빨리 만났더라면
분명 다른 사랑과
겹쳤을 테니까요

모두가 떠난 뒤에
사랑을 시작해도
늦지 않아요
아니, 사랑은
모두 떠난 후에
시작해야 하는 것인지도

모릅니다

모든 것이 끝날 때
사랑은 시작되는 거예요
사랑마저 끝난 후에
사랑은 시작되는 거예요

절반의 꽃

꽃은 반쯤 피었을 때,
내부의 반은 숨기고
나머지 반을 열었을 때
가장 아름답다

사랑도 그렇다
마음을 반만 열었을 때
입술이 반쯤 열렸을 때
가장 뜨겁다

간결한 그리움

가장 간결한 그리움은
편지 봉투에 쓰인
너의 주소다

가장 간결한 슬픔은
되돌아온 편지에 적힌
너의 이름이다

묘비명처럼,
우리의 그리움은
이름으로 가슴에
남겨지는 것이다

옛날 그리움은 배를 타고 왔다

옛날 그리움은
배를 타고 왔다

죽기 전에
닿기 위해
죽기 전에
만나기 위해
조금씩 흔들리면서
구멍 난 배를 타고
당신에게 건너간다

어느덧 세월도 낡아서
아득한 기억 속으로
노 저어 갈 때마다

시린 마음 한쪽

삐거덕거리며 기운다

저 혼자 흔들리면서

구멍 난 배에

물처럼 차오르면서

옛날 그리움은

배를 타고 온다

사랑의 발견

길 없는 마음에
발 디딘 자여,
함께 걷는 동안은
네가 그 사람의
첫사랑이다
네가 그 사랑의
마지막 사람이다

가시 돋친 말에
내상內傷을 입기도 하면서
우리는 매번
사랑이라는 오지에서
길을 잃는다

비로소

혼자 남겨졌을 때,

누군가에 의해

사랑은 발견된다

섬의 슬픔

사람 마음은
종소리와 같아서
한 번 떠나면
두 번 다시
돌아오지 않습니다

왔다 가는 정한情恨이여,
당신만을 기다리며
살다 죽기를
바라지 마십시오

단 한 번도
떠난 적 없는 마음인데,
기다리겠다는 다짐이

무슨 필요가 있겠습니까?

지독한 사랑

다시는 사랑 때문에
고통받지 않으리라
다짐해보지만,
고통이 지나가면
이불 속에 누워있는
유혹을 일으키며
또 다른
감정이 꿈틀거린다

감기라는 게
약을 먹으나 안 먹으나
일주일은 앓아야 한다
사랑도 이별도
면역이란 게 없어서

앓고 또 앓는다

어쩌다가
평생 고통 속에서
견뎌야 하는
지독한 사랑도 있다

섬 소년

나는 아직
운명에 적응하는
법을 모릅니다

첫눈에 반한 당신이
운명이 될까
두렵습니다만,
보고 싶습니다

첫사랑은
당신에게 내 운명이
적응할 시간을
주지 않습니다
당신은 매일

내 곁을 떠나갑니다

사람은 언제쯤
이별에 적응하게 될까요?
나는 여전히
이별하는 법을 모릅니다

당신이라는
바다 한복판에
한 개 섬으로
내가 남겨집니다

사랑함으로써 얻을 수 있는 것은 무엇입니까?

사랑함으로써

얻을 수 있는 것은

무엇입니까?

당신의

따뜻한 미소와

위로의 말 한 마디가

사랑의 전부였는데,

당신의

사소한 격려와

칭찬 한 마디가

사랑의 전부였는데

당신마저 떠난다면

이별의 슬픔 외에

우리가 사랑함으로써

얻을 수 있는 것은

무엇입니까?

이 순간

이 순간
내가 살아있다는 것은
기적입니다

이 순간
당신과 더불어 내가
살아있다는 것은
기적입니다

이 순간
내가 당신을
사랑하는 것은
기적입니다

이 순간

당신과 내가

서로 사랑하는 것은

기적입니다

그러므로

당신은 나의 기적입니다

나는 당신의 기적입니다

언젠가는

기적이 기억으로 남겠지만……

3부

그대는 어찌하여 먼 곳으로 가시나요?

이어도를 이어 그리다

– 원교 이광사를 생각함

지구라는 땅덩이가

어느 별의 유배지

같습니다

지옥문 앞에서

살아가는 일은

적소의 죄인과

용상龍床 뒤편이

다를 바 없겠지요

아비가 시작한 잉어 그림을

20년 후 아들이 완성하니,

세상이 끊어놓은 부자간의 정을

이어도 鯉魚圖[*]가 이어주고
있었던 것이지요

아비는 종이 위에
잉어의 눈을 그려 놓았습니다
비운의 명필가였던 아비는
유배지로 끌려가면서도
붓끝에 달린 눈으로
세상 보는 이치를
자식에게 전하고 싶었던 것입니다

아비는
모멸 앞에서 자진한 아내 때문에
더 이상 그림을 그릴 수 없었습니다
아들은
마멸磨滅하지 않는
아비의 원한 때문에 더더욱

그림을 그릴 수밖에 없었습니다

* 원교(圓嶠) 이광사와 그의 아들 이영익이 그린 잉어 그림. 간송미술관 소장.
** 員嶠先生作鯉魚圖, 寫頭眼而未竟. 後二十年, 子令翊, 續成於洞泉從兄莊中. 時癸巳九月也.(원교 선생이 잉어를 그렸는데, 머리와 눈만 그리고 마치지 못했다. 20년 후 아들 영익이 동천 종형의 별장에서 이어 그렸다. 그때가 계사년 9월이다). 계사년 : 영조 49년(1773년).

말년未年 동백

– 면앙정 송순을 생각함

인생이 마치 죽여竹輿*를

타는 것만 같습니다

구름 위에 떴다 잠시

휘청거리는 듯하더니

어느덧 내려야 할 시간이

다된 모양입니다

하늘을 바라보며

낮은 정자처럼 살았거늘

차마 높은 뜻 다 숨기지 못하고

말 많은 바람에게 곁을 주다

땅바닥으로 좌천을

당하기도 했습니다

오로지 목에 걸린 숨소리만이

허공에 흠집을 낼 뿐입니다

구순九旬이 면전인데도

여직 지은 죄 다 털어내지 못해

짓무른 눈가에 자꾸

눈물이 새어 나옵니다

봄에 상처 입은 마음

가을이 다 가도 아물지 않으니,

차라리 눈 덮인 땅 위에

붉은 눈동자를 데리고

누워볼 참입니다

* 대나무로 만든 가마.

귤중옥橘中屋[*] 서신
– 추사가 아내를 생각함

바람 타는 섬에는

없는 것이 더 많습니다

하지만 어쩌다

뭍에는 없는 것들이 섬에 있어

나인 양 여기며

그나마 위안을 얻고 지냅니다

귤이 그중 하나입니다

속은 희며 푸른 문채를 가진

귤이 나와 같기로서니,

어느덧

뭍에서 가슴에 품고 지냈던

매화, 대나무, 연꽃, 국화가

시들해진 것을 느낍니다

세상에 절개는 흔한데

살림은 어둡기만 합니다

흔한 절개에 쫓겨 내려와

굴원屈原**의 시 한 구절을

떠올리며 자책하고 있습니다

'세상 흐린데 나 홀로 맑고,

모든 사람 취했는데

나 홀로 깨어 있네

그래서 쫓겨난 것이라오'***

육백 리 제주 그 어디에도

당신을 대신할 것은 없습니다

망극한 성은과 당신,

소중한 것은 여전히

먼 육지에 있습니다

사랑은 발견입니다

돌과 파도와 비바람 속에서

문득문득

당신을 발견하게 됩니다

내가 죽을 때까지

벗어날 수 없는 것은

탱자나무 가시 울타리가 아니라

당신이라는 것을

이제야 알겠습니다

* 추사가 유배당했던 제주 적소(謫所)의 당호.
** 중국 초나라의 정치가이자 시인. 전국시대 혼란기에 개혁을 추구
했으나 모함과 배척으로 유배를 반복하다 돌을 안고 강물에 투신.
*** 擧世皆濁 我獨淸 衆人 皆醉 我獨醒 是以見放. 굴원의 시 어부사
(漁父辭)에서 인용.

그대는 어찌하여 그 먼 곳으로 가시나요?

– 정약용 정약전 형제를 생각함

문 앞에
두 갈래 길이 있습니다
형 약전은
흑산도로 가야 하고
동생 약용은
강진으로 가야 합니다

한 어미 뱃속에서 나와
함께 천주天主를 믿고
이산李祘*을 따르며 살다가
세상이 바뀌어 반역의 세월을
살러 가는 길입니다

귀양을 살다 만나 다시

서로 다른 유배지로 떠나기 전

나주 율정(栗亭) 삼거리 주막에서

보내는 하룻밤^{**}은

어미 뱃속인 듯 따뜻하고

아비 무덤 속인 듯 차갑습니다

오늘이 가고 나면

함께 가질 수 있는 것은

동기同氣 간의 그리움과

이별의 회한밖에 없습니다

사랑은 물론이려니와

이별할 시간도

얼마 남지 않았습니다

동생을 기다리던 약전이 흑산도

풀로 지은 집으로 들어가더니,^{***}

영원히 밖으로 나오지 않습니다

그대는 어찌하여 그 먼 곳으로 가시나요?****

다산이 눈물로 이별을 고합니다

* 정조.
** 1801년 11월 21일 저녁.
*** 정약전의 호 손암(巽庵)은 풀집으로 들어간다는 뜻임.
**** 정약용 시 '율정별(栗亭別)'에서 차용.

흑산 약전[*]

– 손암 정약전을 생각함

사람이 사랑에 갇히면

사람 생각만 하게 됩니다

그러나

생각이 너무 깊으면

병을 부르고 그로 인해

사랑을 잃기도 합니다

뜰 앞의 나무는

볼 때마다 깊은 생각에

잠겨 있습니다만

열매 다는 일을 잊은

경우는 없습니다

생각이 너무 많아

갇힌 몸과 함께 마음도

바위에 부서지는 파도처럼

고난의 연속입니다

먼 바다에

배 한 척이 지나갑니다

그것은 나의 일이

아닌 게 분명하지만

자꾸 나를

눈물짓게 만듭니다

* 정약전.

4부

죄를 싣고 떠나는 배

바다도 한 번쯤은 산꼭대기에 오르고 싶다

포구가 없는

가천 다랭이마을*에서는

사람이 바다로 나갈 수 없어서

바다가 백팔 계단**을 밟고 마을로 올라옵니다

바다라고

왜 번뇌가 없겠습니까?

바다도

한 번쯤은 산꼭대기에

오르고 싶을 때가 있는 겁니다

* 남해군 남면에 있는 마을.
** 계단식 논이 108 층층 계단으로 이루어져 있다.

동백처럼 지다

동지나해를 지난 태풍이

드디어 앵강만[*]에 당도했을 때,

가천 다랭이논의 벼 포기들

힘없이 쓰러졌습니다

쓰러진 벼야 다시

일으켜 세워 서로

허리 맞대 묶어주면 된다지만,

적막한 노도^{**} 적소에서

혼자 울다 쓰러진 서포는

다시 일어나지 못했습니다

섣달 정월 멀쩡하던 동백꽃이

사월 지나 서둘러 몸 버리듯,

벽력같은 어미 부음에

겨우내 붉은 눈 치켜뜨고 섧게 울다

달도 기운 사월 그믐

동백 따라 그도 졌다지요

죽어서 얻은 자유가

무슨 소용이 있겠습니까마는,

동백꽃 환하게 떨어진 탓에

그때까지 보지 못했던

어두침침한 동백나무 그늘 속을

비로소 우리가 볼 수 있는 것

아니겠습니까

* 남해군 남면 다랭이마을에서 상주면 벽련마을에 이르는 바다.
** 김만중이 유배당한 섬. 경남 남해군 상주면 양아리.

죄를 싣고 떠나는 배

비 내리고,

종일토록 방 안에서

별고 없습니다

비 오는 유배지에서는

모든 게 묶인 몸,

작은 배들도

밧줄에 몸이 묶인 채

오는 비 죄다 맞으며

포구에 누워 뒤척입니다

비가 와서

배는 죄를 싣고

떠날 수 없습니다

죄인도 죄도 잠시

쉬어가는 벽련포구,

비 그치기 전

이물* 돌려 서둘러

노도에 간다 한들

무슨 소용이 있겠습니까

비는 바다에 떨어져도

죽지 않습니다

죄인이 바다에 빠지면

죄는 죽지 않고

죄인만 죽습니다

* 뱃머리.

돌담이 무너진 까닭

어제는 갑자기

돌담이 무너져 내렸습니다

돌덩이라고 해서

무너져 내린 까닭이

아주 없진 않을 테지요

돌들은 아마도

경계를 허물고 싶었을 겁니다

마당가 텃밭 푸성귀들에게

하늘 한 귀퉁이 터주어

먼 바다와 작은 섬들을

보여주고 싶었을 테지요

마당 끝을 짓눌렀던 마음은

또 얼마나 무거웠을까요

금산의 바위 또한

저 돌담처럼 와락,

하고 무너져 내려 한 번쯤

바다에 안기고 싶을 겁니다

바위도 그러할 진데,

적소에 갇힌

한낱 사람 속이야

오죽했겠습니까

질풍, 노도에 잠들다

산 위에 올라

멀어져 가는 섬을 향해

나 여기 있노라,

소리 한 번 질러 봅니다

생각해보니

멀어져 가는 것은

섬이 아니었습니다

사람과 사람 사이,

사람과 섬 사이의 거리였습니다

도망치듯 사라졌다 갑자기

등을 치며 나타나는 파도,

바다의 시기마저 말없이 받아주는

섬을 바라보며 관계를 배웁니다

저 섬은

얼마나 오랜 시간 동안

인간의 거만한 외침을 들어주었을까요

섬의 침묵 앞에서 소리치며 부서지는

저 태풍의 증오는 도대체

얼마나 먼 곳에서 생겨나

이곳까지 달려온 것일까요

어지러운 이내 마음은 또

얼마나 먼 곳에서 생겨나

이곳까지 날 따라온 것일까요

미조항 멸치잡이

남해 미조항
멸치잡이 뱃사람들
흔들리는 뱃전에 올라
헹가래를 칩니다
그물 후릴 때마다
멸치 떼가 날아오릅니다
잠시 허공에 떠 있던
키 작은 슬픔들
젖은 비늘 반짝이며
나락으로 떨어집니다
찢기고 털려도
기를 쓰고 들러붙어 있는
생이라는 악착,
그물에 들러붙은 멸치도

뱃전에 달라붙은 사람도

서로 악착스럽기가

그지없습니다

뱃사람들

있는 힘 다해

털어내려는 것이

어디 멸치뿐이겠습니까

미조항에서는

가난도 멸시도

멸치와 함께 바다 위로

내동댕이쳐집니다

섬 속의 섬

산속의 암자가

한 개의 섬입니다

내 마음속에 또 다른

내가 들어앉아 있듯

남해 보리암 또한

섬 속의 섬입니다

석탑이 등대처럼 서 있는

정토淨土의 벼랑 끝,

자맥질하는 파도처럼

사람들

한 치 앞을 향해

고꾸라지듯 절을 합니다

그 뒤편 미조항 너머

점점이 박힌 섬들

풍랑이 멈추자

큰 거울*에 비친 제 모습

물끄러미 바라보다

보리암을 향해 일제히

엎드려 절을 합니다

섬의 이마가

바다에 닿을 때마다

번뇌가 원을 그리며

어디론가 사라집니다

* 화엄경 중 '큰 거울 앞에는 멀고 가까움이 없다'는 구절에서 인용.

갈화리 느티나무

나무도 오래 살다 보면
돌이 되기도 합니다
온갖 풍상 속에서
한 오백 년 살아남은
남해군 고현면 갈화리의
느티나무가 그렇습니다
큰 바람 지날 때마다
자랑처럼 붙어있던 가지들
느닷없이 뽑혔겠지요
구멍 난 곳 허전해 보였는지
사람들 시멘트 반죽으로
빈자릴 메워주었습니다
차가운 돌로 변해가면서도
그늘 한 번 거둬들인 적 없는

느티나무에게서 고단한

역사ㄲ土의 시간을 봅니다

인간이 느티나무처럼

한 오백 년 살 수는 없는 일,

하물며 우리가

닫힌 마음의 적소에 스스로

제 몸을 위리안치*시킨다면

그 얼마나 어리석은 짓이겠습니까

바람처럼 그늘 밑 당신 또한

잠시 머물다 가면 그뿐,

그 무엇도 갈화리 느티나무를

대신할 수는 없습니다

* 죄인이 달아나지 못하도록 집 둘레에 가시 울타리를 치고 그 안에
가두어 두던 일.

관음포 당부

죽음을 알리지 말라는 유언

이락사* 돌기둥에

새겨져 있습니다

말씀도 절실하면

화석이 될 수 있다는 것을

비문 앞에 서서 깨닫습니다

관음포에서는

바다가 바닥입니다

꽃잎도 바다에 떨어지고

사람도 바다에 떨어지고

사람의 유언도 사람과 함께

바다에 떨어집니다

떨어진 것들은

바닥에 닿는 순간

바다가 됩니다

관음포에서는

바닥이 바다입니다

개펄 바닥도 물때가 되면

그대로 바다가 됩니다

혹시, 관음포 개펄이 자꾸

당신의 발목을 잡거들랑

그것은 죽음을 알리지 말라던

이순신의 마지막 당부이오니,

눈물겨운 그 말씀

부디 잊지 마시기 바랍니다

* 노량해전에서 순국한 이순신의 유해를 잠시 모셨던 곳에 지은 사당.

유자 약전藥篆

해바리마을* 유자나무

가지 끝에 달린 둥근 유자는

약방 약봉지 같습니다

쪼글쪼글 껍질에 난 상처들

무슨 약화제처럼 쓰여 있습니다

어떤 유자나무는 이 마을에서만

백 년을 살았습니다

백 년 동안

빗물과 바닷바람과

햇볕을 조제해 차곡차곡

몸속에 쟁여 두었겠지요

인생유전을 앓는 이들에게

봄엔 진한 꽃향기로

엄동에 지친 마음 달래주고

겨울엔 제 살 베어 저민 차로

세파에 지친 가슴

뜨겁게 어루만져 주니,

세상에 유자만 한 약전도

드물다 하겠습니다

백 년 전 사람들

자자손손 두고두고 우려먹으라고

해마다 간단한 처방전을 적어

눈에 잘 띄는 울타리마다

노랗게 내어 걸게 했습니다

* 남해군 창선면 지족리.

그늘과 그물

물건리[*] 사람들에게
그물과 그늘은 서로
다른 말이 아닙니다
이곳 사람들은
그물보다 먼저
방풍림 그늘을 바다에 던집니다
그늘은 물고기를 부르고
사람들은 성긴 그물로
그늘을 건져 올립니다
터진 방조제 안,
길 잘못 든 숭어가
찢긴 그늘 사이로
은비늘을 반짝이며
튀어 오르기도 합니다

그물의 어원은

그늘이 아닐까 생각해봅니다

그물맥이 모여 잎을 이루고

그 잎이 나무가 되고

다시 숲이 되어

물건리 앞바다에

그늘을 펼쳐 던지니 말입니다

나 또한 잎사귀 같은 손 들어 올려

그물을 던지듯

그늘 깊은 세상을 향해

악수를 청하곤 합니다

* 남해군 삼동면 물건리.

5부

남해도 전별시첩餞別詩帖

소재 이이명을 생각함

봄날 꽃그늘 아래가 어수선하기로서니
소재,
당신 목숨을 강변에 던져버린 나라의
편전 지붕 밑 같기야 하겠습니까

한 가지에서 생겨난 노론과 소론이
서로 번갈아가며 피고 졌듯이,
한 가지에 핀 꽃일지라도
떨어진 자리가
같을 수는 없겠지요

유배를 어찌
꽃 피는 시절이라
말할 수 있겠습니까

아름다운 꽃의 목이

먼저 잘리듯 당신은

생의 절정기와 절명 직전

두 번씩이나 남해도에서

귀양살이를 하셨지요

서포 사후

노도 적소에서 죽어가던 매화나무가

당신의 뜰에 옮겨진 후 되살아나

뜻이 같은 옹서간翁壻間*을 오가며

마치 한 사람 앞인 양

두 번을 살았듯이 말입니다

살아 한 번 닿기도 힘든 섬에

재차 꿈결인 듯 다녀가셨으니,

내세에 재삼재사 오실 적에는

봉천사 묘정비처럼

오래도록 머물다

가시길 바랍니다

* 장인과 사위 사이.

서포 김만중을 생각함

다저녁때 벽련포구에 들어

유배인 양 일박하며

모르는 유객과 밤늦도록

잔을 기울입니다

서포, 기사년 당신처럼

섬월 하나 느닷없이

바다에 던져지고,

술잔의 수위는

잔잔한 바다와도 같아

밤새 부어도 마셔도

변함이 없습니다

전별*의 잔을 받지도 못하고

죽어 섬을 떠나신 당신,

먼 훗날

당신의 유배를 찬양하는
시절이 오리라는 것을
미리 알고 계셨겠지요
하긴,
속 깊은 남해도 인정에
취해 본 적 있는 사람이라면
어찌 이곳에
마음이 유배당하는 일을
마다하겠습니까

* 떠나는 사람을 위하여 잔치를 베풀어 작별함.

자암 김구를 생각함

지는 목련꽃의 유배지는

제 발밑 그늘이요,

바람에 쫓겨 가는

벚꽃의 적소는

길옆 물웅덩이가

아니겠습니까

본디

지는 것은 귀천이 따로 없고

천지는 그 이치가

서로 다르지 않습니다

먼 길 내려와

눈감고 고향산천 살피셨듯이,

다시 남해 떠나

멀리 가시더라도

지그시 눈만 감으면

노량리 꽃길이 아니겠습니까

화전* 밭귀에

어진 마음씨 심어두셨으니,

몸 아주 떠나신다 한들

해마다 절로

그리움 싹트지 않겠습니까

* 자암 김구가 화전별곡(花田別曲)에서 지칭한 남해도의 별칭.

약천 남구만을 생각함

창은

바람벽 한가운데 있기 마련이니,

창이 곧 그 집의

열린 가슴이자

얼굴이지요

지도를 살펴보니

나라 남쪽 해안 정중앙에

남해도가 있습니다

남해도가 남해안의

동창東窓인 셈이지요

재 너머 사래 긴 밭처럼

천년만년 살 것 같지만

봄꽃처럼 머물다 가는 게

인생이란 걸 보여주시듯,

섬에서 지내신 아홉 달 밤낮이

마치 동창에 드는

아침나절 햇살 같기만 합니다

설한雪寒에 멍든 동백꽃일지언정

붉은 낯으로 생환하오시니

그보다 좋은 전별 선물이

어디 있겠습니까

후송 유의양을 생각함

남해도 밤하늘은

구석구석이 별들의 적소입니다

유배당한 별들

먼 바다 바라보며

졸린 눈 끔벅거릴 때,

몰래 적소를 벗어난

노인성[*] 홀로

수평선 위에서 아슬아슬합니다

봄가을 남해도에 귀양살이 와

바다에 몸 던질 듯 말 듯

사나흘 낮게 머물다 다시

적막한 우주로 돌아가는

노인성을 바라보며

후송, 당신을 떠올립니다

'귀양이 풀린 것을 듣고 이성삼이 와서 노인성
을 보고 가라 하나 노인성이 남해 한 섬만 비추
지 않음을 말하면서 거절했다'**는 구절 앞에서
눈이 절로 감깁니다

그것은
당신 마음이 오로지
남해도 한 섬만 향하고 있었기 때문이라는 것을
내가 모르지 않기 때문입니다

* 남극성(南極星).
** 유의양의 『남해견문록』 중에서.

작품 등장 유배 인물

굴원 屈原

BC 343년경~289년경. 초나라의 시인, 정치가.

전국시대(戰國時代) 때 그중 강국인 진나라를 견제해야 한다고 주장한 초나라 개혁파의 상징이 굴원이었다. 개혁 정책이 수구 세력의 반발로 좌절되자 굴원은 결국 초나라에서 추방당하게 된다. 굴원은 유배에 대한 절망감으로 강가를 하염없이 거닐며 시를 읊조리다 돌을 안고 강물에 투신해 죽는다.

사마천은 『사기(史記)』에서 '흙투성이 허물을 벗고 매미가 빠져나오는 듯한 삶이었다. 혼탁한 세상에서 빠져나온 듯 티끌 하나 묻히지 않고 살아간 사람이다' 라고 굴원의 삶을 찬미했다.

굴원의 시와 삶은 많은 후세 사람들에게 영향을 끼쳤다. 추사 김정희도 굴원의 시를 빌려와 제주 적소의 이름을 짓기도 했다.

김구 金絿

1488년~1534년. 조선 전기의 주자학자로 본관은 광산(光山), 자는 대유(大柔), 호는 자암(自庵).

1519년 중종반정 이후 개혁을 펼치던 조광조 중심의 신진 사대부가 훈구 세력에게 화를 당한 기묘사화 때 해를 입었다. 조광조, 김정 등과 함께 투옥되고 개령으로 유배당했다가 다시 경상도 남해에 안치되었다. 1531년 전라도 임피로 옮긴 후 1533년 겨우 풀려나와 고향 예산으로 돌아와 이듬해 세상을 등졌다.

글씨가 뛰어나 조선 전기 4대 서예가에 속한다. 중국 사람들이 김구의 글씨를 구입했을 정도로 유명했다. 서울 인수방에 살았으므로 그의 서체를 인수체(仁壽體)라 했다.

저서로 『자암집』이 있으며, 『자암집(自菴集)』에 수록된 「화전별곡 花田別曲」은 김구가 남해도로 유배되어 갔을 때 그곳의 뛰어난 경치와 향촌(鄕村)

인물들과 어울려 즐기던 정서를 적어 놓은 경기체가이다.

김만중 金萬重

1637년~1692년. 조선 중기의 문신. 본관은 광산(光山), 호는 서포(西浦).

조선 중기 서인의 사상적 흐름을 주도한 성리학자 김장생(金長生)의 증손자이다. 아버지 김익겸이 병자호란 당시 강화도에서 순절한 탓에 아버지의 얼굴도 보지 못하고 태어난 유복자다. 김만중은 피난선 안에서 태어났는데, 그래서 그의 아명은 '배에서 태어난 아이'라는 뜻의 '선생(船生)'이다. 어머니 해평 윤 씨는 궁색한 살림에도 서책을 구입해 자식들을 직접 가르쳤고, 어머니의 가르침은 김만중의 생애와 사상에 지대한 영향을 끼친다.

김만중은 1665년 과거에 급제해 벼슬길에 오른다.

1686년 장희빈 일가에 대한 비난 상소를 올렸다가 숙종의 분노를 사 선천으로 유배를 떠났다가 이듬해 풀려난다. 이후 장희빈 소생의 아들을 원자로 삼으려는 숙종에 반대한 서인이 이를 지지한 남인에게 져 남인이 정권을 쥐게 된다. 이 기사환국 때 서인 세력이 대거 축출되는데, 이때 김만중도 남해로 유배된다.

김만중은 유배지에서 홀로 되신 어머니를 위해 「구운몽」「사씨남정기」 등의 한글 소설을 지었다. 김만중은 어머니의 부음을 듣고 괴로워하다가 유배지인 남해 노도에서 1692년에 사망했다. 저서로 『구운몽(九雲夢)』『사씨남정기(謝氏南征記)』『서포만필(西浦漫筆)』『서포집(西浦集)』 등이 있다.

김정희 金正喜

1786년~1856년. 조선 후기의 대표적인 서예가, 금석학자, 화가, 실학자. 본관은 경주(慶州)이고

자는 원춘(元春). 추사(秋史)와 완당(阮堂)이라는 호로 널리 알려져 있다.

노론 계열이었지만 북학파가 되었다. 박제가에게 어려서부터 가르침을 받았으며 북학파 박지원의 학문을 계승하였다. 33세 때 강연(講筵)을 통해 효명세자를 보필했고 1823년 암행어사까지 올랐다. 효명세자가 죽자 권력을 잡은 안동 김씨 집안의 김우명이 그를 탄핵하여 파면되었다. 이 무렵 다성(茶聖) 초의선사와 교류하며 초의선사 소개로 후일 남종화의 거장이 된 소치(小癡) 허련(許鍊)을 제자로 삼기도 한다. 1840년 탐관오리를 고발한 윤상도 부자 상소문 초안을 쓴 게 빌미가 되어 제주도로 귀양을 간다. 1842년 음력 11월 부인이 세상을 떠났으며, 예순세 살 때인 1848년 12월 유배에서 풀려난다. 제주도 유배 시 한국과 중국의 필체를 연구하여 추사체를 만들었다. 1851년 영의정이었던 친구 권돈인이 궁중 제례와 관련해 파직되었을 때 다시 함경도 북청으로 유배를 가게 된다. 북청 유배는 1852년 예순여덟 살 겨울에 풀린다.

북청에서 돌아온 김정희는 경기도 과천에 과지초당(瓜地草堂)이라는 거처를 마련하고 후학을 가르치며 여생을 보냈다. 일흔한 살 되던 해에 승복을 입고 봉은사에 들어간 후 그해 10월 과천으로 돌아와 생을 마친다.

세한도(歲寒圖)와 모질도(耄耋圖), 부작란도(不作蘭圖) 등의 그림이 유명하다. 문집으로 『완당집』 『완당척독(阮堂尺牘)』 『담연재시고(覃研齋詩藁)』 등이 있고, 1934년 간행된 『완당선생전집』이 있다.

남구만 南九萬

1629년~1711년. 조선 중기 문신이자 정치가. 본관은 의령(宜寧), 자는 운로(雲路), 호는 약천(藥泉), 시호는 문충(文忠)이다.

남구만은 서인의 중심인물이었으며 문장과 서화에도 뛰어났다. 널리 알려져 있는 시조 「동창이 밝았느냐 노고지리 우지진다」의 작자이다. 김장생의 문하생이었던 송준길에게 학문을 배우고 1656년 별시문과에 을과로 급제했다. 43세인 1671년 함경도 관찰사로 나갔고 1678년에 형조판서에 임명되었다. 1679년 남인인 윤휴, 허견 등을 탄핵하다가 남인이 장악한 사간원의 비판을 받아 남해로 유배되었다. 이듬해인 1680년 남인 일파가 서인에 의해 대거 축출된 경신환국이 일어나자 도승지, 부제학, 대사간 등을 지냈다.

숙종의 세자 책봉과 관련된 이견으로 서인이 노론과 소론으로 나뉘자 소론의 거두가 되었다. 1684년 기사환국으로 강릉(현 동해)에 유배되었다가 이듬해 풀려났다. 1694년 소론이 남인을 쫓아낸 갑술옥사 후에 영의정에 올랐다. 이후 1701년 희빈 장씨 처벌 문제에 경형(輕刑)을 주장하다

숙종이 장희빈의 사사를 결정하자 사직하고 용
인 비파담으로 낙향했다. 82세 때 생을 마쳤다.
저서로『약천집』등이 전한다. 평생 구백여 수의
시와 많은 기행문, 상소문 등을 남겼다.

소현세자 昭顯世子

1612년~1645년. 조선조 인조의 적장자이다.
1625년(인조 3년) 세자로 책봉되었다.

1636년 병자호란이 일어나 삼전도에서 굴욕적
인 항복을 한 뒤 자진하여 동생인 봉림대군(효종)
및 청나라에 대항하길 주장했던 주전파 신하들
과 함께 인질로 청나라 심양에 갔다. 그는 심양
에 머무르는 9년 동안 현실적으로 청의 존재를
인정하면서 양국 간 발생한 문제를 해결하는 조
정자로서 재량권을 행사했다. 인질로 있으면서도
숙소 근처에 농장을 만들어 끌려온 조선인들을
노예시장에서 구출해 농장에서 일하게 했다.

1645년 2월 천문·수학·천주교 서적과 천주상(天主像) 등을 가지고 귀국했다. 서인들이 장악한 조정은 여전히 반청친명정책(反淸親明政策)을 고수했고, 인조 또한 심양에서의 세자 행동을 못마땅하게 여기고 있었다. 귀국한 지 2개월 만에 원인모를 병으로 급사했다. 세자빈과 여러 대신들이 사인을 규명하고자 했으나 인조는 이를 무시하고 서둘러 입관했다. 그 뒤 세자빈도 역모를 꾸몄다 하여 그의 가족과 함께 죽임을 당했다.

송순 宋純

1493년~1582년. 조선 중기의 문신. 호는 면앙정(俛仰亭). 담양(潭陽) 사람이다.

송순은 4대 사화가 일어나는 혼란한 시기를 살았으나 50여 년의 벼슬살이 동안 단 한 번, 일년 정도의 귀양살이만 했을 정도로 운이 좋았다. 인품이 뛰어나고 성격이 너그러우며 의리가 있는 성품 때문이었다. 이러한 송순을 두고 퇴계 이황(李滉)은 '하늘이 낸 완인(完人: 신분이나 명예에 흠이 없는 완전한 사람)'이라고 표현했다.

1519년 별시문과에 급제했다. 1533년(중종 28년) 김안로가 권세를 잡자 귀향하여 면앙정(俛仰亭)을 짓고 시를 읊으며 지냈다. 면앙정은 그가 41세 되던 해 전라도 담양(潭陽)의 제월봉 아래에 세운 정자로, 임제·김인후·고경명·임억령·박순·이황·소세양·윤두수·양산보 등 많은 인사들이 면앙정에 출입하며 시 짓기를 즐겼다. 이들은 면앙정에서 호남 제일의 가단(歌壇)을 형성했다. 면앙정은 '하늘을 우러러 부끄럽지 않고 사람에게 굽어도 부끄럽지 않다'는 송순의 다짐을 담아 지은 이름이다.

송순은 77세(선조 2년)에 의정부 우참찬 겸 춘추관사를 끝으로 벼슬을 사양하고 담양 향리로 물러났다. 벼슬에서 물러난 송순은 자연 예찬을

주제로 한 작품을 지으며 말년을 보냈다. 수많은 한시와 국문시가인 「면앙정가」 등을 지어 조선 시가문학에 크게 기여하였다. 문집으로 『면앙집(俛仰集)』이 있다.

유의양 柳義養

1718~미상. 조선 후기의 문신. 본관은 전주(全州). 자는 계방(季方)·자장(子章), 호는 후송(後松).

사망 연도가 불분명하고 그다지 많은 자료가 남아 있지는 않으나 『남해견문록』이 그나마 그의 이름을 후세에 알리고 있다. 1783년 승지가 되어 『증보문헌비고(增補文獻備考)』의 수찬에 참여하였다. 이듬해 『춘방지(春坊志)』를, 1788년 『춘관통고(春官通考)』를 정리하였다.

저서로는 1771년(영조 47년)에 남해로 유배되어 보고 듣고 느낀 것을 저술한 『남해견문록』이 있다. 유의양은 남해 사람들의 생활상을 꼼꼼하게 들여다보며 장례와 혼인 절차를 묘사했다. 또한 남해 방언을 중앙의 말과 비교하여 기록해 당시의 방언 연구에 귀한 자료를 남겼다. 『남해견문록』은 산문 유배 기행록 가운데 국문으로 작성된 최초의 작품으로 국문 기행문학을 정착시키는 구실을 했다.

이광사 李匡師

1705년~1777년. 본관은 전주(全州). 자는 도보(道甫), 호는 원교(圓嶠) 또는 수북(壽北)이다. 예조판서를 지낸, 소론 계열 이진검(李眞儉)의 아들이다. 노론이 옹립한 영조의 등극과 더불어 소론이 실각함에 따라 소론이었던 그도 벼슬길에 나가지 못하였다. 50세 되던 해인 1755년(영조 31) 소론 일파의 역모사건에 연좌되어 함경도 부령(富寧)에 유배되었다가 전라도 신지도로 이배(移配)되어 그곳에서 일생을 마쳤다.

시·서·화에 모두 능했으며, 특히 글씨에서 그만의 독특한 서체인 원교체(圓嶠體)를 이룩하고 후대에 많은 영향을 끼쳤다. 맏아들은 『연려실기술』의 저자 이긍익이며, 부인 유 씨는 이광사가 역모사건에 연루되자 목을 매어 자결했다.

원교의 둘째 아들 이영익은 부친이 유배되었을 때 부령까지 따라갔고, 신지도로 이배되었을 때도 따라가 유배 도중 부친과 함께 지내기도 했다. 이광사와 이영익이 20년 시차를 두고 함께 그린 잉어 그림 「이어도」가 이들 부자간의 애정을 단적으로 보여주고 있다.

이순신 李舜臣

1545년~1598년. 조선 중기의 명장. 본관은 덕수(德水). 자는 여해(汝諧).

이순신의 본가는 충청남도 아산시 염치면 백암리이나 어린 시절 대부분은 생가인 서울 건천동에서 자랐다. 같은 마을에 살았던 유성룡(柳成龍)은 『징비록(懲毖錄)』에서 이순신이 어린 시절부터 큰 인물로 성장할 수 있는 자질을 갖추고 있었다고 묘사했다. 이순신은 1576년(선조 9년) 병과로 급제하여 관직에 나갔다. 1589년 2월 전라도 순찰사의 군관이 되었고, 12월에는 정읍 현감이 되었다. 임진왜란이 일어나기 1년 전인 1591년 2월 전라 좌도 수군절도사로 전라좌수영(지금의 여수)에 부임한 후 임진왜란 때 수많은 전투에서 혁혁한 공을 세운다.

남해 관음포는 이순신이 적의 유탄에 맞아 최후를 마친 곳이다. 사람들은 이곳을 '이순신이 순국한 유서 깊은 곳'이라 하여 '이락파(李落波)'라고 불렀다. 그리고 이순신의 유해를 잠시 모셨던 곳에 '이락사(李落祠)'라는 사당을 지어 그를 추모하고 있다.

전사한 지 45년만인 1643년 인조는 이순신에게

'충무(忠武)'라는 시호를 내린다. 글에도 능하여
『난중일기(亂中日記)』와 시조 등을 남겼다.

이이명 李頤命

1658년~1722년. 조선 후기 문신이자 정치인. 본
관은 전주(全州), 자는 지인(智仁), 호는 소재(疏齋).
노론 4대신의 한 사람으로 기사환국 때 남인에
게 탄핵당해 사형 당한 이사명(李師命)의 친동생
이다. 부인은 서포 김만중의 딸이며, 서인이었다
가 노론 소론 분당 이후 노론이 되었다.
1680년 별시문과에 급제하여 사헌부 집의(執義)
가 되었다. 그 후 여러 벼슬을 지냈고, 1689년
기사환국으로 남인이 집권하자 영해에 유배되었
다가 남해로 이배된다. 유배가 해제되어 강원도
감사로 나갔다가 돌아와 승정원 승지가 되었다.
이 기간 동안 노론 영수 송시열의 지원 아래 노론
의 중진으로 활약했다. 1706년 우의정이 되었고,

1708년 좌의정, 우의정을 거쳐 영의정까지 올랐다. 임종 직전의 숙종을 독대(1717년 정유독대) 하였는데 노론이 지지하는 연잉군(훗날의 영조)을 지지하였다 하여 소론과 남인의 불만을 샀다.

경종의 병환이 위중해지자 노론 4대신과 함께 영조의 대리청정을 실현시켰으나 소론의 반발로 실패하여 파직 후 경상도 남해로 유배되었다. 그 뒤 소론이 노론을 제거하기 위해 기획한 목호룡의 고변 때 심문을 받기 위해 서울로 압송되었고, 한강진에 도착하자마자 사사되었다.

기사환국 때 영해로 유배되었던 이이명은 1692년 장인인 김만중이 유배당한 남해로 이배된다. 이이명이 남해 노도에 도착했을 때 숨을 거둔 장인의 시신은 이미 옮겨진 뒤였다. 이이명은 남해 노도 적소에서 장인이 생전에 심은 매화나무 두 그루가 시들어 죽어가고 있는 것을 보고는 자신의 적소로 옮겨 심었다. 그런데 죽어가던

매화나무가 생기를 되찾고 꽃을 피우기 시작했
다. 이이명은 살아나는 매화나무를 보면서 자신
의 기운과 장인의 기운이 비슷하여 매화나무가
장인을 본 것으로 착각하여 꽃을 피우게 되었다
며 기뻐하였다. 이때의 기쁨을 「매화병부(梅花病
賦)」라는 글로 남겼다. 저서로는 「매화병부」가 실
린『소재집』등이 있다.

정약전 丁若銓

1758년~1816년. 본관은 나주(羅州), 자는 천전(天
全), 호는 손암(巽庵). 경기도 광주(지금의 남양주군 조
안면 능내리) 출신으로 다산(茶山) 정약용(丁若鏞)의
형이다.

1783년(정조 7년) 사마시에 합격하여 진사가 되고,
1790년 증광문과에 응시하여 병과로 급제하였다.
이후 전적·병조좌랑의 관직을 역임했다. 일찍이
서양 학문과 사상에 접한 바 있는 이벽·이승훈 등

남인 인사들과 교유하며 친밀하게 지냈는데, 이들을 통해 서양의 문물을 접하고 나아가 천주교를 신봉하게 되었다. 정조가 세상을 떠나고 순조 즉위 후 노론 벽파가 정권을 잡자 천주교와 남인을 탄압했다. 1801년 신유사옥이 일어나 많은 천주교 신도들이 박해를 입게 되었다. 정약전도 아우인 정약용과 함께 화를 입게 되었다. 정약용은 장기를 거쳐 강진에 유배되고 정약전은 신지도를 거쳐 흑산도에 유배되었다. 정약전은 소흑산도에서 9년 대흑산도에서 7년을 보냈다. 흑산도에서 섬 아이들에게 글을 가르치며 틈틈이 저술활동을 했다. 애타게 기다리던 동생을 보지 못한 채 결국 유배 16년 만에 쓸쓸하게 세상을 등졌다.

저서로 『자산어보(玆山魚譜)』가 있다. 『자산어보』는 그가 유배되었던 흑산도 근해의 수산생물을 자세히 기록한 책이다. 우리나라 최초의 수산학

관계 서적이라 할 수 있다.

정약용 丁若鏞

1762년~1836년. 조선 후기의 실학자이자 문인.
초자(아명)는 귀농(歸農), 호는 다산(茶山)·여유당(與
猶堂).

정약용이 태어나던 해 사도세자가 뒤주에 갇혀
죽는다. 다산의 아버지는 사도세자를 불쌍히 여
겨 아예 벼슬을 버리고 고향으로 돌아가 농사를
짓고자 했다. 그래서 다산의 이름을 귀농(歸農)이
라 지었다. 14세 되던 해에 결혼하고 이름을 귀
농에서 약용(若鏞)이라 고쳤다.

호조 좌랑으로 다시 기용된 아버지를 따라 한양
으로 올라갔다. 이때부터 남인 명사들과 가까이
지냈다. 이익의 글을 읽고 실학에 심취했으며 연
암 박지원과도 접촉하며 영향을 받았다. 정약용
은 새로운 과학 지식과 천주교를 받아들였으나

얼마 지나지 않아 신앙을 버렸다. 그럼에도 28세 되던 해에 천주교를 받아들였다는 이유로 서학을 배척하고 공격하던 세력인 공서파의 지탄을 받는다. 정조는 그를 충청도 해미로 유배 보냈다가 열흘 만에 유배를 풀어주었다.

정약용은 화성 능행길에 오른 정조를 위해 한강에 배다리를 놓거나 화성 축성에 거중기를 이용함으로써 정조의 두터운 신임을 받게 된다. 1800년 정약용을 총애하던 정조가 세상을 뜨자 공서파는 신유사옥을 일으켜 서학을 받아들였다는 구실로 남인들을 몰아냈다. 정약용 형제들도 끌려가 고초를 당한다. 결국 정약용은 경상도 장기로 귀양을 간다. 셋째 형인 정약종은 옥에서 맞아 죽었고, 둘째 형인 정약전은 전라도 신지도로 유배를 당했다. 몇 달 뒤 이들의 조카사위 황사영이 천주교 탄압을 중국 주교에게 알리기 위해 적은 백서가 발각된다. 이 때문에 정약용은 포항 장기에서 전라도 강진으로 정약전은 신지도에서 흑산도로 이배를 가게 된다. 두 형제는 나주 율정 삼거리에서 만나 주막에서 하룻밤을 같이 보내고 다음 날 아침 헤어지게 되는데, 이후 다시는 살아서 서로의 얼굴을 볼 수 없었다.

정약용은 18년이라는 오랜 기간 동안 유배 생활을 하면서 많은 저서를 남겼다. 저서를 정리한 문집인 『여유당전서』에 포함되어 있는 『경세유표』, 『목민심서』, 『흠흠신서』 등이 대표적이다.

1818년 8월에 귀양살이를 끝내고 고향으로 돌아온 정약용은 저술 활동에 힘쓰며 여생을 보내다 1836년 2월 74세를 일기로 세상을 떠났다. 고종은 『여유당전서』를 모두 필사하여 내각에 보관하도록 하고 그에게 문탁(文度)이라는 시호를 내렸다.